글나무 시선 30

보시는 바와 같이

글나무 시선 30

보시는 바와 같이

저 자 | 김달교
발행자 | 오혜정
펴낸곳 | 글나무
주 소 | 서울시 은평구 진관 3로 32, B동 516호(파크앤타워)
전 화 | 02)2272-6006
e-mail | wordtree@hanmail.net
등 록 | 1988년 9월 9일(제301-1988-095)

2026년 4월 10일 초판 인쇄 · 발행

ISBN 979-11-93913-34-5 03810

값 10,000원

보시는 바와 같이

김달교 시집

늙지도 않는 저 봄을
비틀어 꼬집어 줄 수 없는
힘없는 딸년이라서
가슴에
검보라색 꽃들 무리 지어 핀다

눈 수술을 했습니다.
자욱한 안개를 걷어내자
가까운 것 먼 것 할 것 없이
똑똑히 보입니다만
시력을 되찾은 눈이
흐리터분한 나를 부끄러워합니다.
가까운 것에 혹해서
다가오는 것을 놓치고
다가오는 것에 혹해서
가까운 것을 잃은 것을요.
놓치고 잃어버린 것들의 설움을
펜으로 달래며
구석구석 찾아 헤맵니다.
보잘것없는 詩歷으로 두 번째
시집을 냅니다.

차
례

김달교 시집 보시는 바와 같이

2. 틈

차
례

10

4. 詩답잖은 생각

1

보시는 바와 같이

QR을 찍으면 〈비누에게〉 곡을 감상하실 수 있습니다.

비누에게

미안하구나 내 더러움을 날마다 네 거품에 맡겨 혹사시킨 것 종내는 엷은 막 하나로 남았으니 내 손이 숫돌이었구나 시시때때로 너를 갈았구나 그 많은 거품을 낭비해 가며 대체 무얼 씻은 거냐고 묻는다면 할 말이 없네 씻는다고 씻었는데 겉만 문질렀지 마음 깊숙이 도사리고 있는 오욕의 때는 손도 못 대었구나 네 몸을 허투루 사용한 걸 용서해라 손톱만큼 남은 네가 물의 부축을 받으며 세면대 하수구로 미끄러지는구나 미안한 내 목례가 네 뒤를 따르는데 통로는 순식간에 깜깜해지는구나 드디어 없음에 도착한 건가

아무것도 모르는 앳된 또 다른 네가
세면대 오른쪽 공석에 자리를 잡는구나

다
시
거
품
이
구
나

멍 꽃

봄바람 인다
휠체어에 안긴 엄마가
한쪽으로 자꾸만 기울어진다
엄마를 차고 있던 기저귀가
애매하게 부풀어 오른다
터진다 꽃눈이
엄마의 손등에 검보라꽃이 피었다
"손등이 왜 이래?"
"내가 미워서 꼬집었지"
갑상샘이 부어 가릉가릉하는 목에서
아픈 문장들 쏟아진다
꽃이 흐드러진다
엄마가 엄마를 미워하도록 내버려 둔
늙지도 않는 저 봄을
비틀어 꼬집어 줄 수 없는
힘없는 딸년이라서
가슴에
검보라색 꽃들 무리 지어 핀다

16

보시는 바와 같이

어디를 향해 큰절을 올려야 하나! 지금, 살아 있는
내가 감사해서! 종종 구름 위에다 주먹질해 대는
나를 잡아가지 않는 하늘에 감사! 성질 급한
목련 꽃봉오리 연두저고리를 벗을락 말락
하며 볕뉘와 썸타는 것을 보게 해 주는
눈에 감사! 이래도 저래도 맞장구쳐
주며 잔소리마저 척척 받아 주는 옆
지기에 감사! http//cs.kakao.co
m 노크 한 번으로 지구를 반 바
퀴나 돌아 우유니 소금 사막과
소통을 열어 주는 SNS에 감
사! 슬금슬금 눈치 보며 바
닥을 기는 고양이를 쓰
다듬을 수도 있는 두
손에 감사! 간유리
같은 기분을 쨍
그랑 깨뜨려
주는 친구
감사!

둥그렇
게 모여 앉아서
말 못 한 슬픔을 높이
들었다 던지면 도 개 걸 윷 모
웃음이 되어 굴러다니는 윷판에 감사!
가갸거겨에다 서사를 비며 넣으면 꿈
틀거리는 시가 된다며 뒤통수를 때리
는 모 시인에게 감사! 감사와 감사
가 바퀴 되어 나를 견인해 주는
지금, 삶의 궤도 위에 무수한
느낌표로 살아 있네
나는!

두 쪽

내 목표는 나물이 되는 것
그의 콩나물이 되는 것
두 쪽 낸 표주박에 합환주 함께 마셨으니
그의 쓰린 속은 내 몫

나물로 가는 길 쉽지 않았지
한 모숨 빛도 없는 시간을 근근이
물로만 버텨야 했어
진땀이 흐르고 다리가
후들거리길 수십 번
드디어
시루를 박차고 일어선
찬란한 두 쪽 콩나물
수시로
그의 시린 속을 풀어 주던 콩나물이
바로 나였지 당연한 듯
당연한 듯
나를 소비하는 그를 향해
슬몃슬몃 가시들이 돋아났지

심사가 뒤틀렸지
살벌하게 돋친 가시들이 찌른 건
그가 아닌 나였어
통증이 가르쳐 주었지
그도 콩나물이었다는 것

부부란
두 쪽 콩나물처럼
서로에게 외다리 성자가
되어야 한다는 걸
따끔하게 일러 주더군

쓴다는 것에 대하여

봄볕이 내게 와서
여러 날 머물다 간 뒤
파랗게 돋아난 생각들
쓸만해 보여
손목이 시도록 캐어
노트에 빼곡히 심고 다듬었다

푸릇푸릇 그럴싸했던
잎사귀들은 식상하고
잔뿌리들은 유치하다
물도 주지 않고
빨간 줄 죽죽 그어 버리려는 찰나에
지나가던 곤줄박이가
소리친다

거기서 더 내려가!
너를 캐!
너만의 갈증과
너만의 상처를 캐는 거야

밤새 백지에
내가 깨알같이 쏟아졌다

풋내 가신 시들이
우북수북 돋아나길
기다리고 있다

곰삭히기

새우를 한 말 사서
티를 골라내고
소금을 듬뿍 뿌린 뒤
항아리 속에
차곡차곡 눌러 담았다

항아리 뚜껑 위로
벚꽃잎이 왔다 가고
고추잠자리가 앉았다 가고
단풍잎이 턱 괴다 갔다

첫서리 내린 뚜껑을 열어젖히고
한 사발 퍼냈다
곰삭은 시간들이
겨자씨보다 작은 눈을
치뜨고서 나를 쏘아봤다

속속들이 절여진 그것들이 입을 모아
너는 누군가를 위해

소금을 뒤집어쓴 적 있냐고
쓰라려 본 적 있냐고 물었다
할 말이 없는 나는
그만
볼 부은 항아리 뚜껑을 깨뜨려 버리고 말았다

별이 된 땡삐

아픈 친구를 보러 병실에 들어간 시간
오후 일곱 시
얼굴 보고 돌아선지 채 몇 시간도 안 된
새벽에 부고가 왔다
땡삐가 갔다고
하룻밤 사이에 그녀는 부재중이다
그렇게 바삐 가야 했는지
되돌아올 수는 없는지
된통 쓰라린 가슴 안고 하늘만 올려다본다

간밤에 땡삐는 입을 열지 않았다
듣고만 있었다
누구의 목소리를 기다리는지
알 수 없는 표정을 하고서
땡삐는 우여곡절로 촘촘 엮었던
생의 바구니를 내려놓고 날아가 버렸다
젖은 날개 펄럭이며 구름 너머로
영영 사라졌다
가면서 지독하게 슬픈 침 한 방을

내게 쏘고 갔다

못 보던 별 하나
날개를 털면서 자리를 잡는다

녀모

엄마의 시계가 탈이 났다
거꾸로 달리기 시작하더니
여섯 살에서 딱 멈추었다
어쩔 수 없이
엄마는 내 딸이 되었다
95세의 어린 딸을
시설에다 맡기고
돌아서는 나,
울먹이는 차창에다
모녀를 거꾸로 쓴다
소태같은 녀모
쓰디쓰다

비러무걸 하느님*

큰 맴 묵고 장만한 내 수이가 싹다 타삣따 우짜꼬
어떡하니껴 이자뿌소 하회띠기 산 입에 거미줄 치까
맨발로 불꾸디 버서난 우리한테 너무한 거 아니껴
빌어처머걸 하느님!
머잔아 한 줌 재로 맹걸끼민서
머잔아 소낭구 아래로 보낼끼민서
시상이 공핑하다꼬? 고따구로 갈키민서
마지막 한 벌까지 빼사가는 당신이 얼어주글 신이여
신도 널겄나 죄업넌 낭군 왜 태우능기여
기왕에 나랑 가치 빌어머거 볼랑껴
쓰니도 읍고 파니도 읍고 찻니도 읍따민서도
안동포 짜러 댕기는 닥실때기한테 베포 커기 삿두만
내 보게 욕심이 과핸기라
싸게 돌리돌라카이
비러머걸 하느님아

*안동 사투리로 쓴 시

27

어떤 만남

나를 만나러 간다
요가 매트가 있는 사유의 방으로
발을 벗는다
오늘은 만나 줄까?
걱정도 지우고
불안도 지우고
팔을 들고 허리를 접자
기름진 배가 비명을 지른다
초승달은 바들바들 떨리고
뱀은 대가리가 천근이다
멀고 먼 알아차림

노래하는 그릇이 미간을
흔들어 깨운다
내 속의 크고 작은 내가 기침을 한다
팔을 한껏 벌려 껴안는다
아팠구나
힘들었구나
외로웠구나

뭉친 감정의 근육들이 풀린다
오늘은 내가 나를 만나 준 날,
견갑골 아래
푸드덕 날개가 돋는다

행방불명

옆집 205호 어르신이
또 사라졌다
증세가 깊어지기 전에는
물건에다 화를 풀었다
폴더폰 뽀개기를 여러 번
소통은 제 발로 나가버렸다
어르신 식탐은 늘어가고
아주머니 허리는 점점 가늘어지고
지하철 의자에 앉아 장 보러 간
마나님을 기다리던 순하디순한
모습도 행불된 지 오래
3년째 드나들던 요양보호사
쫓아내기를 거듭하면서
정신을 내보내고
기억을 내보내고
텅 빈 몸으로 어디를 헤매는 걸까
경찰과 치매센터에서
사방으로 어르신을 찾는다
육신만 돌아오면 다행일까

행방불명된 정신도
함께 찾아 주면 안 될까

시가 오는 소리

영감이 올 듯 말 듯 하는데
몰입이 될락 말락 하는데
배고파! 밥 줘!
같이 사는 영감이 볼멘소리 던지면
와장창
내 시의 입구가 깨진다
좋던 마음이 KTX 속력으로 사라진다

이상도 하지

귓전을 때리는 돌멩이 같은 저 소리가
연필을 들게 하고 다시금
시를 쓰게 만드는 재주가 있으니

2

틈

QR을 찍으면 〈잿빛 추윈전〉 곡을 감상하실 수 있습니다.

잿빛 추원전

나 어릴 적
은성광업소 안팎은 온통 껌정이었지
미운 아버지 이 술 저 술 앉혀 놓고
부어라 마셔라 긴 밤 홀딱 새울 때
수심 깊은 엄마의 새까만 품속으로
숨어들곤 했었지

까마귀 우는 어둑한 날
아버지, 산속 추원전으로 훌훌
떠나실 줄 몰랐지
납골당 유골함 속은
낮밤 없이 어두울 텐데
겁 많고 인정 많은 우리 아버지
팔다리 시려 몹시도 힘드실 텐데

너무 늦은 후회의 송곳에 찔리고
또 찔리는 못난 딸 보이시는지

얼라아파트 18
―면회

  너딜 아나? 대상포진이 얼매나 무서운 병인지 99살
이 나이에 내 어쩌다 이런 벌을 받았노 너거 아다시피
눈에 포진한 물집이 잡히서 죽을 뻔했는데 거뜬히 살아
냈다고 좋아했지만 대상포진이 휩쓸고 간 몸둥아리에
신경통이 침범한기라 시도 때도 없이 바늘 한 주먹을
쥐고 냅다 찌르는 듯한 고통을 니들이 어이알꼬 칠 남
매 발 동동 굴려가미 키운 것이 무신 죄라꼬 침대 모서
리에 양손 묶여 요양병원에 누워 있는기 이게 사는 게
아닝기라

  어머니 얼마나 가려웠으면 그렇게 참혹하게 긁었나
요 온몸이 우박 맞은 노각 같아요 눈 뜨고 볼 수가 없습
니다 맥없이 돌아가는 선풍기도 한숨을 쉬네요 어머니
에게도 여린 오이처럼 싱그러웠던 날들 많았답니다 어
머니의 마른 울음을 대책 없이 바라보는 저희도 가슴이
아픕니다 덩그러니 병상에 갇힌 채 살아온 나날 한 겹씩
들추면 회한도 밀려오겠지요 어머니의 걸어오신 길 낱
낱이 알고 있는 칠 남매에게는 언제나 어머니가 중심입
니다 우툴두툴한 겉보다 속이 더 쓰려 사랑합니다란 말

은 너무 얄팍해서 입 밖으로 못 내놓고 야윈 등허리 쓸
어 드리다 돌아섭니다

얼라아파트 20
— 침묵

요양병원 면회실로 들어섰다
15분간의 면회 시간 동안 입을 꾹 다물고 있는
시어머니와 할 수 있는 게 무얼까
침침한 눈을 치뜨고 어머니의 손톱에
매니큐어를 발라 드린다
병뚜껑에 달린 붓이 지나간 자리마다
철 지난 동백꽃이 기신기신 피어난다
열 손가락이 핏빛으로 물드는 동안
99세 노모는 여전히 침묵이다
말 대신에 입안 가득 물고 있던
카스텔라 한 조각이 목울대로 꿈틀 사라지는 걸
무뚝뚝한 벽시계가 쳐다본다
야윈 손에 요구르트 하나 쥐어 드리고
앙상한 등을 몇 번 쓰다듬기도 전에
15분이 다 갔다
딸들도 며느리인 나도
정작 하고픈 말은 입 밖으로 못 꺼냈다
어머니의 길고도 무거운 침묵의 시원인 그것을
어머니를 이곳에다 버린 게 아니라는 말을

차갑게 돌아서는 휠체어에 안겨
병실로 향하는 어머니
아이처럼 웅크린 채 손가락을 내려다본다
빨갛게 충혈된 손톱들
눈물 뚝뚝 떨군다

검은 한숨

탄가루를 뒤집어쓴 지붕과 골목길
가은읍 왕능4리 500번지
닥지닥지 붙어 있던 은성광업소 사택의
밤은 늘 시끄러웠다
고래고래 욕설 퍼붓는 소리에
밥상은 나동그라지고 유리창은 깨지고
그 악다구니를 내려다보는 전봇대만 잠잠했다

우리 집도 툭하면 싸웠다
어쩌다 광산촌까지 떠밀려 왔다며
벌컥벌컥 화를 내는 아버지와
도탄교 끝 점방에서 잡화를 팔던 엄마
사사건건 부딪쳐 불꽃을 튕길 때마다
집채만 한 불안에 깔려
나는 형편없이 찌그러졌다

옥녀봉 돌아 무두실 사는 정희는
공동 목욕탕이 있는 사택에
살고 싶다고 했지만 모르는 소리였다

갱도가 무너져 석탄 수레에 실려 나오는
싸늘하게 식은 아버지들, 그 주검을 덮고 있는
검은 거적때기를 보는 일이
얼마나 무서운지를

고인을 위한
묵념 사이렌이 사택 주변 골골에
울려 퍼질 때마다
구랑리까지 이어진
검은 강물은 울면서 울면서 흘러갔다

지금은 폐광이 되어
강물은 물빛을 되찾았다
관광객이 오가는 석탄박물관에는
아버지들의 땀과 눈물이 전시되어 있다
한 점 한 점이 다 아픔인 것들
깊은 땅속 막장에 매몰된 수백만 톤의 한숨은
채굴 못 한 채 묻혀 있다

얼라아파트 21

    나는 20년 차 요양보호사 동료가 해야 할 근무시간까지 가로채 악착같이 일한 달에는 두둑한 월급으로 쌓인 고단함도 잊는다 요양원에도 카스트 제도가 있어 해를 거듭할수록 내 눈치는 가히 빛의 속도다 알아 굽신거리고 상사에게는 이리저리 밟혀 주기도 한다 요양원에서는 누워 있는 어르신들이 최상위 5%인데 아이러니하게도 누구도 높은 그 자리를 부러워하지 않는다는 것

    이것도 직업병일까? 습관이 된 내 행동에 대해 생각에 잠길 때가 있다 사무실에선 절대로 환자나 그 가족들에게 금품을 받으면 안 된다고 교육 시키지만 나는 꼬깃꼬깃한 세종대왕이나 신사임당이 내 앞치마 속으로 들어올 때마다 짜릿한 희열을 느낀다 막내 등록금에 서푼짜리 내 자존심은 버린 지 오래다 돌봄 중독이라고 들어는 보았나 어르신들 기저귀가 항상 뽀송뽀송해야만 직성이 풀리는 나에게 죄가 있다면 금품 수수뿐

이름

첫눈이 소복한 날
시를 쓰네요

보는 것을 믿나요
믿는 것을 보나요

돈도 쓰지요
약도 쓰지요

가물거리는 그 남자
눈발을 휘저으며 이름 쓰네요

어머니의 축지법

흔들리는 불꽃 하나 지상으로 달려온다
어머니는 이제 휠체어 따위는 타지 않는다
지팡이도 기저귀도 시원하게 벗어 던지고
천상과 지상을 마음대로 넘나든다
축지법을 쓰는 게 틀림없다
시장 좌판 갈치 앞에 서성대다가
순
간
이
동
이곳저곳에 출몰하는 어머니
복지관에서 날렵하게 차차차를 밟다가
화투판으로 날아가서는 큰 손 할매로 어깨에 힘주다가
어느 틈에 아들 옆에 앉아 짭쪼름한 조기 오물거리신다
굽이굽이 구십 구세 이승살이
두고 간 발자국
짠하게 되짚으시는 어머니
환하고 낯설게
저승에서 지펴온 불꽃
소금기 많은 내 눈물로 꺼뜨리지 않으리라

치부

핏발 선 칡넝쿨
사방을 살핀다
누구에게 기어올라야 하나
누구의 등판에 촉수를 들이대야
살아 남을까
나무의 하늘을 훔치고
위태로운 난간의 불편한 평등을
짓밟으며 내 살아가는
방식이라 얼버무린다
구름이 그림자에 한눈팔 무렵
저녁은 평평히 다가오고
칡넝쿨은 첨벙 튀는 단맛에
외로운 포로가 되고 만다
날 선 손톱 슬쩍 세우며

파리의 질문

꿀꿀해서 7번 국도를 달리는 중이다
마음만 먹으면
버스든 택시든 무임승차는 물론
원양어선도 탈 수 있다
경계 따윈 내 사전에 없는 단어다
단, 가자 지구의 높은 분리 벽 하나는
내가 남겨 둔 마지막 고지다

오늘은 어느 곳에나 갈 수 있는
내 날개가 무슨 소용이랴
볼펜 똥보다 작은 내 밥통은 늘 가난하다
사람하고 74%나 닮은 DNA를 가져서
밥상 한 귀퉁이라도 차지하자면
눈치코치가 9단은 돼야 한다
약아빠지지 못하고 인정에 목마른 나는
하루살이 모기나 바퀴벌레 수시로 들락거리는
반지하방을 좋아한다
그 방에 뒹구는 우유병을 더 좋아한다
우유를 벌기 위해 포장마차를 끄는

아기 부모나 우유병을 앓는 나는
바닥에 빌붙어 살아야 한다

지상에 번듯한 집 가지고도
더 가지려 신에게 빌고 또 비는 이들과,
하루하루 생존을 위해
두 손 모아 싹싹 비는 나와,
포장을 펄럭이며 바닥에 전 펼치는
아기 부모는
무엇이 다르며
무엇이 같은가

테네시 왈츠

연다
라인 댄스 교실 문을
쏟아진다 테네시왈츠
리듬과 리듬 사이
파도를 타는 강사와 수강생
줄줄이 펼쳐내는
저 춤사위는
사족 없는 느낌표다
스텝을 밟으며
여럿이 몸으로 그려내는
시다
울긋불긋
단풍이다
뜨거운 언어를 자아내는
손과 발들 비집고
한 점 내가
슬며시 끼어들자
시가 덜컹한다
이럴 땐 태그가 필요하지

말줄임표처럼
끊어졌던 라인 매끈하게
다시 이어
씨줄과 날줄로
가지런하게
한 페이지 춤을 완성한다

2만 8천 원

안마의자에 몸을 맡겼다
누가 이렇듯 토닥토닥 안아 주랴
안마의자는 영원히 잠들게 하는
죽음의 캡슐 사르코를 닮았다
사르코는 인간이 만든 저승사자!
뚜껑을 닫고 버튼을 누르면
5분 안에 질식사하는
단돈 18 스위스 프랑이면
고통의 굴레를 벗겨 주고
영원한 안식으로 인도한다는
서슬 퍼런 캡슐!
반대 여론이 들끓자 차례를 기다리던
삼백여 명의 기대를 저버리고 중단되었다
명줄을 제 맘대로 끊었다 늘였다
할 수 있다고 믿는 이여
들숨과 날숨은 신성한 것
아픔 속에서도
어둠 속에서도
꽃은 필 것이므로

나는 너를 살고
너는 나를 살자
2만 8천 원으론 씨앗과 풍선을 사서
높이 띄우자
물오른 절망의 정수리 위에다
힘껏 터뜨리자

틈

12월 31일과
1월 1일 사이에는
깊이를 알 수 없는 뭔가가 있다
낯선 고요가
출렁거리는 허방
지금 뛰어들지 않으면 건널 수 없다
묵은해의 *끄트머리*까지
등에 지고 손에 들고 온 것은 후회뿐
그거라도 촘촘 엮어 타고 간다
그믐에서 초하루로 가는
하룻길이 아득한데
시무룩한 달빛 채근하여 함께 간다
살아오며 저지른 크고 작은 흠들
갈라져 아픈 것들
한 땀 한 땀 이어 붙이며
1월 1일로 건너간다
푸른 여명이 손짓하는 저곳
틈마다 새살 돋아나
길이 되고 숲이 되는 새해로

3

날름

동문서답

다 늙은 가랑잎이
숨을 몰아쉬며 물었다
새순에서 단풍으로
단풍에서 낙엽으로
이사하는데 얼마나
걸린 것 같냐고

내가 그랬다
딸에서 아내로
아내에서 엄마로
엄마에서 할머니로
이사 중인데
나는
아직
나에게 도착하지 못했다고

실밥을 위한 레퀴엠

지하철을 기다리는 저 여자
머리카락에 붙어 있는 붉은 실오라기 하나
우선멈춤 신호등처럼 깜빡깜빡
기억의 플랫폼 문이 열린다
지하로 통하는 좁은 층계가 나를 딛고 내려간다
퀴퀴한 바지 공장
종일 떠드는 라디오에 재단사 가위질 소리
미싱사 틀질 소리 뒤범벅되어 귀가 멍하다
공장 사람들 중에 나는 맨 꼬바리였다
쪽가위를 들고 실밥을 땄다
손가락이 아프도록 따야 점심때가 돌아온다
흰 실밥 검은 실밥 노랑 실밥 분홍 실밥
먹어도 먹어도 허기진 실밥을 먹고
돌아와 거울 앞에 서면 머리카락에도 실밥
어깨와 등, 소맷자락에도 실밥이
찰거머리처럼 붙어 있다
공장장은 실밥 하나도 제대로 못 딴다 야단치고
미싱사들은 느려터진 내 손을 비웃었다
웃었다 쓸데없는 실밥처럼 웃었다

지하실 바지 공장 내 삶의 환승역
지하에서 지상으로의 환승은 실밥의 공이 컸다

경적을 울리며 3호선이 들어온다
멀어지는 실밥들, 잘 가
모르는 저 여자의 실밥 한 올이
나를 열었다 닫는다

QR을 찍으면 〈실밥을 위한 레퀴엠〉 곡을 감상하실 수 있습니다.

내가 집게라면

내가
신통방통한 집게라면
난개발로 오갈 데 없는 아름드리나무들
보는 족족 집어 올려
순천만 행사장에 옮겨 심으련만

내가 서슬 퍼런 집게라면
여의도 한복판 둥근 지붕 밑에
허구한 날 내미는 오리발들 쏙쏙 뽑아 올려
북위 30도 유라시아 흰비오리한테 보내버릴 텐데

내가
사유 깊은 감성 집게라면
습작 노트 속 내 시 나부랭이들
주글주글 늘어진 메타포들
척척 집어 올려 쑥부쟁이 삶은 물에 담갔다 건지련만

어쩌면 나는 깡마른 집게
이 떡 저 떡 집어 들다 에덴 떡집에서

58

쫓겨난 하와의 집게

죄 없는 자의 눈에는 낱낱이 보일까
집게를 쥔 손이
구름 속에서 들락날락하는 걸

당당(堂堂)

나는 제비다
조안면 능내리 고당*은 우리들 천국이다
금싸라기 강남에서 분가해 수십 채를 거느린 지금
이 집의 지분에 우리 몫도 있음을 잊을만하면 외친다

계약서 한 통 없이 고당의 벽과 서까래를
맘대로 사용하다가 마음이 쌀쌀해지면 잽싸게 떠날
뿐이다
제집인 양 분주히 드나드는 세입자에게
고당 주인은 임대료 한번 내놓으란 적 없다
그래도 주인이 고개를 들고 둥지를 올려다보면
속이 뜨끔해지긴 한다

박 씨 하나도 물어다 주지 못한 얍삽한 부리가
민망하냐고? 아니다
방값은 나름 톡톡히 하고 있다
목청껏 뽑아내는 떼창에다
배꼽까지 걷어 올린
캉캉춤으로 고당 하늘을 수놓는다

문턱 닳는 소리 오늘도 당당(堂堂)

* 경기도 남양주시 조안면에 있는 한옥 찻집

도마와 여자

나는 화사한 세라믹 도마
속눈썹 긴 여자의 손에 들려 얼룩 한 점 없는 뽀얀
조리대에 터를 잡았지
그때부터 나의 수난기는 시작되었어
남들 앞에서는 교양을 뚝뚝 흘리던 그 여자 순식간에
변하더군
분홍 초록 세라믹 칼을 번갈아 내려치며 내 속을
후벼 팔 줄이야
새물내 나는 현관에 들어설 때만 해도
그 여자의 속내를 몰랐지
칼을 쥔 그 여자 신들린 듯 도마 위 닭을 내려치고
갈치를 토막 내고
산낙지 난도질하니 도리 없이 흠씬 두들겨 맞았지
맞은 자리 또 맞으며 멍드는 순간엔
발 빠른 내 친구가 생각났어
스텐으로 온몸을 뜯어고친 후 팔자가 바뀌었는지
칼도 주인도 우습게 보인다며
달려들던 칼에게 한 방 어퍼컷을 먹였더니
이 빠진 칼이 뒷걸음치더라고 으스댔거든

스텐도 아닌 내 팔자, 기구하여 그 여자가 양파 자를 때
핑계 김에 실컷 울려고 벼르던 참이었어
사달이 난 게 아마 그날이었을 거야
어쩌다 한 번씩 들어오는 그 여자 남편이 뜬금없이
온 거지
세라믹도 아니고 스텐도 아닌 여자를 얼마나 두드려
팼는지
아침에 보니 온몸이 피멍이야
주방에서 얻어맞는 나나 안방에서 얻어맞는 그 여자나
같은 팔자였지
보리수 벌겋게 익어갈 무렵
긴 속눈썹 떼 낸 그 여자, 홀로 먼 길 떠나고 말았지
칼날 같은 세상에서 해방된 나도
폐기물 처리장에 누워
밤하늘에 반짝이는 그 여자를
그렁그렁한 눈으로 올려다보았어

날름

집게 한번 잡지 않으면서 고기 익으면

젓가락 먼저 대는 날름

독거노인 문 앞에 갖다 놓은 쌀자루

양심 없이 집어 가는 날름

작가가 고심 끝에 쓴 문장

슬쩍 베껴 가는 날름

초밥 뷔페에서 고봉으로 담아 온 생선 초밥

회만 걷어 먹는 날름

넷이 짜장면 먹는 식탁

탕수육 소짜부터 공략하는 날름

회식 자리 반반 치킨 시켰더니 대뜸

다리만 두 개 골라 먹는 날름

그 몇몇 날름을 낚아채

지면에 고자질하는 내 얕은 날름

남편

소가 누웠어요
며칠째 일어서지 못하네요
간호사 발소리에
초원은 멀어지고 먹구름 몰려옵니다
다락논 쟁기질에 뼈 빠지던
멍에도 벗었으니 쉬엄쉬엄
노후의 모퉁이 돌면
심우도 속 동자를 만날 수 있으리라
기대했는데
참이슬이라니요
소주병 한 짝이 소를 다 마셔버리고
비틀비틀 울고 있어요
다시
처음처럼
햇소 뛰노는 풀밭으로 갈 수 있을까요
자정 넘은 이 밤에
링거병 끌고 해우소 가는
가축생 저 남자 뒤로
45년 묵은 이슬이 왈칵 쏟아집니다

말 무덤*

누군가
또 한 바가지 파묻었나 보다
붉으락푸르락 솟아오른 봉분
칼을 문 말,
톱날 번뜩이는 말,
발톱을 세운 말
입에서 튀어나오기 전에
침묵의 수의를 입혀
깊이 묻어 두고 갔나 보다
진땀 흘리는 비석 뒤로 돌아가
나도
한 보따리 싸 가지고 간
대꼬챙이를 든 말, 삼지창을 꽂은 말들
염도 못 한 채로
무덤의 옆구리에 밀어 넣었다
혹시라도 쫓아올까 봐
고이고이 스러지라고
명복을 빌며
뒤돌아

달음박질쳤다

* 말 무덤: 언총(言塚) 경북 예천군 지보면 대죽리 소재

봄날은 간다

문경시 마성면 '숲속 요양원'

3층으로 올린 조롱 칸칸마다 날개 꺾인 어르신들 푸드 덕거립니다

잠을 못 잤다고 침대가 딱딱하다고 해바라기씨는 언제 주냐고 허공을 쪼는 넋두리들 헛기침 한방으로 누르고 자칭타칭 송 카나리아 여사님 새벽부터 슬슬 시동을 겁니다 곧 열릴 생일잔치에서 부를 노래 연습이 급합니다 용두산아~ 용두산아 너만은 변치 마아아라 한량인 영감님이 떠오르자 고장 난 벽시계로 순식간에 갈아 탑니다 세월아 너는 어찌 돌아도 보지 않느냐아 나를 버어린 요 대목에서 또 목이 메나 봅니다 살다 보면 목 메는 이유가 어디 한두 가지인가요 창밖에선 참새가 휘파람 장단을 넣습니다만… 오늘 노래가 와이카는지 갑자기 전조를 하는 카나리아 어르신 간다 간다 떠난 하앙구 안개 속의 그 하앙구우~ 끝을 길게 늘이다가 사설 한 마디 척 갖다 붙입니다 어매 손 꼭 잡고 관부선 건널 땐 내 꿈도 넘실댄기라 누워서 부르는 노래도 힘에 겨워 더운 숨 할딱거릴 때 요양 보호사 잰걸음으로 다가와 땀을 닦고 어깨를 토닥여

줍니다 새장 문이 활짝 열렸어도 날아서 나오지 못하는 송 카나리아 어르신, 마지막 남은 노랫가락을 가늘게 뽑아 올립니다 연분홍 치마가 봄바람에 휘날리이더라 오늘도 옷고름 입에 물고… 봄날은 가아안다아 가는 봄날 따라 어르신 신발도 떠나가고 손때 묻은 솥단지와 친구도 아득히 멀어집니다

기가 막히는 건 송 카나리아 어르신 영감님이 한 달 전에 날개를 펄럭이며 하늘로 높이 올라갔는데 말해 주는 이 아무도 없다는 겁니다

조롱 밖에서는 벚꽃잎만 나올나올 날아다닙니다

복수초

겨울 끝자락
떨고 있는 전봇대 아래
쪽방 한 칸
차갑게 식은 신발 옆에
누군가 놓고 간 달걀 세 알
쌓인 눈 녹이며
웃고 있다

봄을 봄

여린 풀꽃들
옹기종기 밭두렁 품에 안겨
젖을 먹다
깜빡 졸다
파릇파릇 오시는 빗소리에
흠칫 놀라 울어댄다
민들레는 노랗게
냉이꽃은 하얗게
목젖이 다 보이게 악을 쓰는 바람에
자드락밭이 통째로 들썩인다

빈집

깡마른 문틀에
악수를 청하며
혼자된 지 몇 해냐고 물었더니
대답 대신 뿌옇게 흐린 창을
질끈 감는다
처마 밑 층층 쌓인 거미줄을 가리키며
어떻게 살았느냐는 질문에
산 게 아니여 그냥 견딘 겨
헐거운 돌쩌귀 틈새로 한숨이 새어 나왔다
외롭지 않냐고 했더니
적막도 오래오래 씹으면 단물이 나온다며
헛웃음 짓는다
다 삭은 아궁이 들여다보며
바라는 게 있냐고 물었다
소리가 듣고 싶다고
말소리 웃음소리 밥상 차리는 소리
한 번 들어보고 죽는 게 소원이라며
무너진 돌담 너머로 보낸 눈길을
영영 가져오지 않는다

푹 꺼진 툇마루 위로
잔뜩 헝클어진 바람이 온다

4

詩답잖은 생각

미(美)친 봄

봄이 치매에 걸렸나 봐요
철모르는 복수초 깔고 앉더니
산수유 매화 개나리 단숨에
미친 듯 쥐어뜯네요
본래 순하디순한 심성은 어디로 갔나요

요양병원 침상에 오래 누워 있으면
말도 생각도 여릿여릿해지고요
주름 깊어 가는 기억도 미로에 갇혀
오도 가도 못하지요

요양병원 밖이라고 별다르지 않아요
서로 믿지 못하는 꽃들이
아파트 옥상으로 한강 교각으로
걸어가고 있어요

그걸 아는지 모르는지
앓는 봄을 구경하려고
마음 앓는 사람들이
산으로 들로 미(美)친 듯 몰려다니지요

님과 함께

백내장 수술 날짜를 받아 놓은 여자
봉선사 도량에 앉았다
초록이 가득한 초파일
연등이 빼곡히 하늘을 가렸는데
줄줄이 바람에 출렁이는 소원값들
십만 원, 오만 원, 삼만 원
흐린 눈썹 치켜뜨며 올려다본다
그는 구원을 베푸실 전능자시라
스바냐 예언자도 지갑을 열었다
오호라
단위가 큰 등은 법당 안에서 빛나는구나
크리스마스엔 부처님이
교회 종탑 아래로 마실 가시더니
오늘은 하느님이 절 마실을 오셨구나
하느님과 부처님을 오가며
양다리 야물게 걸친 그 여자
왼손은 수미산을 오른손은 에덴동산을 향한 채
손과 손 점점 어긋나고
극락도 지옥도 자욱하다

앞날이 뿌연 그 여자

연등의 밝은 눈 빌어

절 푸른 마당에 그림 같은 집을 짓는다

어느 님과 한평생을 살겠다는 건지

QR을 찍으면 〈님과 함께〉 곡을 감상하실 수 있습니다.

얼라아파트 17
― 어머니의 이불

노모의 방문을 열면
수북한 약봉지가 빛바랜 화장대에 쌓여 있고
전화기 옆 다 낡은 수첩 하나
늘 펼쳐진 종이에 오글오글 모여 앉은
복현동 큰아들 미국 이실이 셋째 재갑이 강서방…
그렇게 복닥거리던 식구들은
수도꼭지에서 새는 물처럼
하마 다 빠져나갔다
맏아들에게 너른 집 물려주고 좁은 셋방 전전할 때마다
그릇 냄비는 줄여도 끝까지 끌고 다니던 이부자리들
장롱 속에 갇힌 채 곰팡이 필 듯 필 듯
우두커니 베란다에 앉은 노모는 오가는 길만 바라보며
이불 꺼내 덮을 누군가를 기다렸다
먹갈치를 사면 몸통은 오매불망 짝사랑 맏아들 집에
보내고
꼬리만 을씨년스럽게 구워 오물거리면서
척추를 다쳐 요양병원으로 거처를 옮길 때까지
솜이불 차렵이불 극세사 이불 켜켜이 쌓아 놓고
이제나저제나 자고 갈 피붙이 기다렸다

닫힌 어머니 안에, 닫힌 옷장 안에, 닫힌 이불 썩어가
고 있는데

윷가치

2023년 2월 7일
봄처럼 따뜻한 날
호박범벅이 끓고 있었다
서리태 완두콩 양대 팥 땅콩들이
개나리가 망울을 터트리는 솥 안에서 어우러질 즈음
핸드폰이 울렸다

아버지가 돌아가셨다고

남편은 재촉하는데
나는 화분에 물만 주고 있었다
그러다가
싸리나무로 만든 아버지 윷을 만지작거렸다

세상 윷놀이 끝내고
윷판 밖으로 떠나시는 아버지
배웅 가야 하는 길
안개 자욱이 밀려온다
아버지 윷가치는

하마 울고 있는데
반짝이는 별빛 아래 소곤소곤 소곤대는 그날 밤
아버지의 애창곡이 들렸다
무너진 사랑탑으로 돌아가시는 아버지

아버지의 빈소로 가는
마지막 에움길
호박범벅 이 집 저 집 퍼 돌리며
늦장 부린 건
떠나시는 아버지
보내고 싶지 않아서
느린 걸음 더 느리게 걸어갔다

시(詩)답잖은 생각

찜통더위에 축축 늘어진다

겨우 일으켜 세운

초고의 걸음걸이도 개 혓바닥이다

올 연말까지 시집 한 권씩 묶자고

정 시인이랑 한 약속은 어쩌나

어기는 사람은 벌금이 30만 원이다

쓰다 만 시는 졸고 있고

시간은 잘도 가는데

씁쓸한 생각에 초를 치는

지청구 하나 슬렁슬렁 걸어 나온다

단테도 아니고

영랑도 아닌

달교 네 시집을 누가 반갑게 읽어 준다고!

천지에 독자라곤 너 하나뿐인 것을

아랫집 만수네를 주면 필경

라면 냄비 받침으로나 쓰고 말거라

속절없는 폭염에

시(詩)답잖은 시나 짓는 삼류 시인이라도

젖 고픈 아이처럼

시의 가슴에 악착같이 매달리고 싶은 걸 어쩌랴

오기

한 알 보리 씨는
아무리 다그쳐도
주머니 속에선 싹트지 않는다
한 줌 흙을 그리워하다가
가루가 된다 해도

지렁이

흙 파먹고 살다가
나침반도 약도도 없이
아스팔트 위로 왜 기어 올라갔나
땡볕의 환호가 치명적일 줄 몰랐다고
고개 젓는 저 얼뜨기
두어 번 꿈틀거리다 쓰러지고 만다
흙과 차도 사이에
욕심과 꿈 사이에도
넘지 말아야 할 선이 있다
기어코
선을 넘더니
눈먼 무지렁이 하나
하나밖에 없는
숨을 잃고 마네

희양산의 12월

한 해의 마지막 날
산길을 오른다
이 아침
새들의 노래도 얼었다
싸늘한 능선도 말을 잃었다
골짜기 얼음 감옥에 갇힌 단풍잎들
저 수형(水刑)은 언제나 끝날까
봄날,
묶였던 손발이 풀리면
혹독한 수형도 마치게 될 것이다

한 해의 묵은 때를 배낭 가득 메고 와
맑은 바람에 씻는다

나도
인생이라는 감옥에 갇혀
형기를 치르는 중이다

생각하는 정원

생각하는 정원에 들어서면
요동치는 고요가 마중 나온다
주머니 불룩하게 노래를 담고서
집요한 생각 뚫고 나온
나무 하나하나
돌 하나하나
분재 하나하나를 매만진
우공(愚公)의 영혼과 철학

땀방울로 이룩한 만 삼천 평
놀라워라
세파를 관통한 서사
분(盆)마다 옹글게 심어 놓은 이
누구신가
무심한 오름까지 모셔 와
때론 우렁차고
때론 감미로운 춤추게 하는 이
누구신가

어둡게 뒤틀린 생각을
환하고 반듯하게 펴고 싶은 사람이여
지금
생각하는 정원으로 달려오라

폐지

책꽂이에 꽂혀 있는 저 책
해가 바뀌어도 찾는 이 없어
갈피갈피 적막한
무덤이다
아무도 거들떠보지 않는
이름씨
움직씨
토씨
페이지마다 빼곡한 저 문장들
케케묵은 표지에 실려
레테의 강을 건너갔을까

책을 넘기다 마주친 문장에
밑줄 그으며
심장이 쿵쿵 뛴 적 있었다
죽은 지 오랜 저 책도
펼쳐 들면
숨을 몰아쉬면서 살아날까

책장 쪽으로 눈길도 안 주는

나를 꺼내 읽어 줄 책은

어느 칸 몇 번째 줄에 있을까

드러바라*

너덜 들어바라 악을 쓰며 목청을 돋우던 매미도 쉴 줄 알거늘 미련한 이미는 방깐 먼지더비기 속에서도 칠 남매 공부시킬 궁리만 골똘히 한기라 속울음 삼켜가미 99년을 버틴기라 내 이제 컴컴한 무덤에 병든 몸 누이니 바람의 한숨조차 들을 수가 없는기라 요양병원 창가에 앉곤 했던 햇님과 만날 수도 없어 비로소 내 생이 끝난 줄 알았니라 별나라 가는 일보다 너거들과 더 살고 싶었는데 2024년 7월 29일 타는 듯한 무더위에 너거들 애 먹이며 마지막 집으로 돌아온 게 미안한기라

* 드러바라: 경상북도 사투리로 '들어봐라'의 뜻

5

삶은 마트

삶은 마트

누구나 수시로 들락거리는 곳 인생 마트 '다 있소'에는 없는 게 없다 약속 장소로 갈 때나 일을 시작하기 전에 들리면 후회할 일이 적어진다고 경험자들은 말한다 다 가서면 절로 열리는 문을 지나 우측으로 돌자 환한 진열대가 어서 오라 반긴다 웃음 코너에서 고를 게 있다 미소, 홍소, 대소, 폭소, 파안대소가 열과 횡을 맞추어 가지런히 진열되어 있다 친구를 만나러 가는 길 미소와 파안대소를 집어 들었다 오늘따라 미소는 원 플러스 원 만면에 웃음을 띠어도 부담이 없겠다 나오면서 좌측을 흘깃 돌아보았다 곧 팔려나갈 분노와 슬픔이 쌓여 있다 통로가 온통 침침하다 성냥갑만 한 아픔에서부터 집채만 한 고통까지 첩첩 쟁여 있다 더 작고 더 가벼운 것을 찾느라 마스크로 얼굴을 가린 사람들이 이리저리 뒤적이고 있다 '뭐든 다 있소'라고 큰소리치는 인생 마트에도 없는 게 있긴 하다 시간이다! 진열 자체가 불가한 상품이다 신의 마트에서나 취급할 정도로 기밀해서일까 시간을 사고픈 사람은 신의 마트로 가야 하나? 가 봤다는 사람이 없으니 위치와 가격은 미궁 속이다 그나저나 신의 마트 '다 없소'에는 걱정도 눈물도 아픔도 없을까 '다 있소'와 '다 없소' 사이에서 달이 뜨고 해가 진다

삶은 호박

살다 보니 늙었을까
늙기 위해 살았을까
고스란히 늙은 호박 하나
도마를 찾아왔다
시가 나를 찾아오듯
완성으로 들어가는 문은
도마와 칼 사이에 있으니
호박은 껍질을 벗고
시는 관념의 모서리를 벗는다
뜨거운 솥 안에서
미완의 호박범벅과
설익은 시 사이를 오가던 나는
뒤엉킨 시의 실마리와 함께
들끓는 시간을 견디며
서리와 호랑이와 완두와 강낭을 품는다
두레 반상이 멀지 않으니
땀으로 뒤범벅이 된다 해도
깊은 맛을 향해 갈 뿐이다
이유는 단 하나

수천 년 늙지 않는 질기고도 질긴

삶에게

잘 엉긴 한 그릇의 호박범벅과

착실한 시 한 편 대접하기 위해

QR을 찍으면 〈삶은 호박〉 곡을 감상하실 수 있습니다.

우얄꼬

땡전 한 닢은 물론
집도 연줄도 없다
가진 거라곤
베일에 싸인 더듬이 둘
뭔진 몰라도
믿는 구석이 있는 듯하다
아흔아홉 칸 불 밝히고 기다리는
손 큰 여자라도 있는지
밤의 황제 민달팽이가
끈끈한 웃음
입가에 흘리며
뜨끈한 달의 품속으로
기어든다

이구동성

굽은 등이 말하네
더는 펴지 못할 희망에 대하여

후들거리는 다리가 말하네
들어 올리지 못한
푸른 깃발에 대하여

침침한 두 눈이 말하네
크고 높은 것 좇다가 놓친
아기별 꽃과 노루귀에 대하여

메마른 가슴이 말하네
물 마른 강에서
바닥을 치는 지느러미에 대하여

친구

침묵이 나를 보고 있다
그도 늑골이 저릴 만큼 외로운가
어둠이 방안을 짓누르니
일어나 불을 밝혔다
침묵과 놀아야겠다

푸른 새벽이 올까요

하느님
세상이 이상해요
가짜는 진짜보다 더
진짜 같고요
진짜는 가짜를 닮아 가요
현실은 비현실을 빼쏘았고요
비현실은 현실처럼 와
달라붙어요
막말을 내뱉는 속물이
수장이 되어 불편한 세계를
쥐락펴락해요
속인 사람은 기세등등하고
속은 사람은 할 말이 없어요

지구가 뒤집히고 있나 싶어요

화살기도

쏴라
맞닥뜨린 허정과 절벽
폭풍과 해일 휘말리기 전에
아니
휘말렸다 해도 발 동동 구를 시간에
호흡을 멈추고 표적을 조준해라
시위가 나를 당기도록
심장을 뜨겁게 쥐어짜라
쏜 화살이 높이높이 날아올라
구름을 뚫고
신의 옷자락을 뚫고
문제를 뚫어 잔잔해지도록
화살의 꼬리에 꼬리를 잇대어라
쏘다 쏘다 쏠 게 없으면
갈비뼈라도 꺼내
활시위에 먹이면서
하늘이 열리고 흰 깃발이 휘날릴 때까지
나를
쏘아 올리는 거다

나인틴스 호텔

아지매요 사다사다 빌데 다 가봤니더 남새시러바 주
디 꾹 다물라캤는데 웃기요 영천엔 디비 잘 때가 마땅찬
타꼬 아가 지낄 때 가는기 낫나 퍼떡 가차분 딴 데로 바
꾸라캤어야 되는긴데 인자는 대가빡 돌리는 거도 숩지
안타보이 맥지 기냥 갓너더 외딴 산 밑둥 쪼매 올라가이
우째 호텔이라카닌기 요상타시파서 어다 차를 대야되
까 에라 108칸으로 반쯤 디밀고 쎄븐티 쎄븐인 남편에
게 머가 쪼매 이상허네 여븐데기 안내문 보이 프리미엄
고객은 야외에 주차하라카디더 꼬치 따라 나온 우리가
무신 프리미엄이라꼬 3층엔 국제시장 주인공 빼다 박은
사장이 방을 들바다보매 발그레한 복숭 하나를 주고 가
능기라요 아들 따라가 본 호텔은 세 시에 드가라카는데
여게는 다섯 시에 들가라캐서 신찬은 몸띠 끌고 백지 집
나와 개고생인기는 잠까이고 이기 머신지 어따 쓰는긴
지 들바다 보는데 그기 콘도미라 카디더 발바리들 짝 짓
능거 아니꺼 옆방 코맹맹이 소리 객쩍은 데다 침대까지
춤을 추니 여서 이카지말고 그 밤 새빅 찬 별 치다보미
나인틴스를 나왔니더 천지삐깔 여행 중에 이번은 참말
로 디요 부랄 추욱 늘어진 누렁이 잔등 북북 끌거미 솟
구치는 부아를 눌렀잔니껴 풋콩 시절도 그립고요.

103

여덟 단어로 된 사전

휴지
어르신 주머니마다 기생하며
지구의 엉덩이를 들어 올린다

시누이
1. 성분을 분석해 보면
시금털털 25% 시시비비 25%
시한폭탄 25% 시원섭섭 25%

2. 설왕설래의 뿌리이며 후폭풍의 발원지

가을
취기가 번진 내연의 뺨
원색의 레이저 빔이 현란한 콜라텍

나
푸른 별 발가락에 붙은 도꼬마리 씨앗

희망

지상의 벼랑과 천상의 벼랑을 잇는 동아줄

마음
한 면은 새털
또 한 면은 쇠뭉치

시
텍스트가 동력인 기차
종착역은 심금

말
1. 둔갑술의 극치, 솜사탕인가 하면 칼날로
칼날인가 하면 장미꽃으로 세상을 헷갈리게 한다

2. 은은한 향기와 오묘한 빛으로 감싸 건네도
받아주지 않으면 쓰레기가 되고 마는 요물

왜?

엄마의 마지막 이사

새재를 넘어온 구름 한 채가

곰곰 내려다본다

집들이 따위도 필요 없는 시립 요양병원 꼭대기 층

돌아가야 할 하늘이 손에 닿을 듯 가깝다

낯선 침대에 엄마를 맡기고

뿔뿔이 흩어지면서 묻는다

구름아

너는 아니?

창밖 숲은 온통 푸른데

엄마는 왜 회벽처럼 표정이 없는지

평생 지긋지긋하게

몸에 밴 절약이 도진 것도 아닌데

이젠 말까지 아끼는지

껌벅거리던 눈을 눈곱으로 딱 붙이고

왜 시선마저 차단하는지

구름아

너는 아니?

파리하게 야윈 손 뻗어서라도

끝끝내
붙잡으려는 것이
왜 목숨이 아니고
한 줌 허공인 것을

달동네의 봄

여기를 봐
밟아도 기죽지 않는
민들레를

그늘에서도 환한
냉이꽃을

꽃샘바람에도 꼿꼿한
저 제비꽃을

기어이 일어서고야 마는
우리들을

나의 인생이 시로 돌아와 기다리고
있습니다, 쓰지 않을 도리가 없었지요, 속절없이

나민애 (문학평론가)

나의 인생이 시로 돌아와 기다리고 있습니다, 쓰지 않을 도리가 없었지요, 속절없이

나민애 (문학평론가)

1. 사람이 시인이 되는 이유

무릇 사람에게는 관상과 인상과 심상이 있다. 관상은 타고나는 것이고 인상은 만들어 가는 것이며 심상은 키워가는 것이다. 관상이 제일인 것 같지만 나이가 들면 알게 된다. 종국에 관상은 인상을 이길 수 없고 인상은 심상이라는 뿌리가 없이는 만들어질 수 없다는 사실을 말이다.

시인과 나는 2022년에 처음 만났다. 나는 마흔 중반, 시인은 나보다 이십여 년 더 먼저 태어난 이였다. 그러나 우리는 처음 만나 악수할 때부터 알아보았다. 그와 나는 같구나. 우리는 배우는 자의 운명으로 태어나 그중에서도 문학이라는 인상과 시라는 심상 속에 살고자 하는구나. 시의 가락에서 돈 한 줌, 쌀 한 톨 나올 리 없지만 우리는 시라는 것의 가치를 평생 높게 숭상하는구나. 그런

인상이고 심상이었다. 가깝게 닮은 인상이고 심상이었다.

그래서 나는 김달교 시인의 시를 반갑게 읽고, 기쁘게 추천하며, 경건하게 해석하고자 한다. 시인이 어떤 관상을 타고났는지 알 재주는 없지만 시를 읽으면 시인이 평생 만들어 온 인상과 심상을 알 수 있다. 그 시적 심상을 한 마디로 표현하자면, 김달교 시인은 시를 닦는 길에 선 순례자이다. 그것도 무척 외롭고 강인하게.

2. 사람을 '쓰는' 세상에 맞서 시를 '쓰는' 시인

시를 왜 쓰는가. 모든 시인에게 향할 수 있는 이 질문을 붙들되 김달교 시인에게 있어 이 질문은 조금 변형되어야 한다. '시를 왜 써야만 했는가'. 김달교의 신작 시집은 그 질문에 대한 답변서이자 인생을 걸고 만든 소명서라고 할 수 있다. 그러니 이번 시집을 열기 전에 우리는 하나의 질문─시를 왜 써야만 했는가─을 붙들고 시작해야 한다. 질문이 적절하다면 시집은 보답으로 대답을 보여주리라. 그중 첫째 답변은 '쓰기'의 작품들에서 찾을 수 있다.

이 시집의 메인 테마 가운데 가장 중요한 것 중의 하나가 '쓰다'의 주목과 변주이다. 「두 쪽」, 「이름」, 「시가 오는 소리」, 「시(詩)답잖은 생각」, 「쓴다는 것에 대하여」 등의 작품이 여기에 해당한다. 이 작품들은 기본적으로 쓰는 행위가 얼마나 어렵고 벅찬 일인지에 대해 다룬다. 말하자면 '시 쓰기에 대한 시 쓰기'라는 메타적 작품이라고 볼 수 있다. 본래 시 쓰기에 대한 메타적 시 쓰기는 일종의 성찰적 자세를 바탕에 두고 있다. 여기에 더해서 김달교 시인은 쓰기의 환희와 고통이라는 서로 다른 감정을 복합적으로 다룬다는 면에서 매력적이다.

그런데 이것이 매력의 전부가 아니라는 점에 주목하자. 시인의 기발한 언어적 감각은 '쓰기'라는 단어의 서로 다른 의미의 증폭과 활용으로 이어진다. 이 시집에서 '쓰기'는 여러 가지 의미를 가지고 있다. 시인은 주로 '시 작품을 창작하다'는 의미로 '쓰기'를 사용한다. 이와 동시에 '무엇인가를 사용한다'는 의미의 '쓰기'(소비)도 동음이의어로 활용되어 '쓰기'는 전반적으로 이중적 의미를 지니게 된다.

첫눈이 소복한 날
시를 쓰네요

보는 것을 믿나요
믿는 것을 보나요

돈도 쓰지요
약도 쓰지요

—「이름」 중에서

'쓰다'의 여러 의미를 가장 잘 살린 작품은 「이름」이다. 여기서는 시를 '쓰고' 돈을 '쓰고' 약도 '쓴다'. 여러 쓰기의 차이를 곰곰이 생각해 보자. 시 쓰기는 무에서 유를 '생성'하는 것이고 돈 쓰기는 있는 것을 덜어내는 '소비'의 것이다. 없던 것을 만드는 '쓰기'와 있던 것을 소비하는 '쓰기'의 차이에 주목하는 것은 이 시집을 읽을 때 중요한 지침이 된다. 사회라는 외적인 세상은 소비적 쓰기를 유도하지만 시인은 그 덜어내고 지워지는 '소비적 쓰기'에 대해 저항한다. 이와 반대로 그가 추구하는 것은 '시적인 쓰기'다. 소비적 쓰기를 지양하고 시적인 쓰기를 추구하게 된 사연과 이유는 무엇일까.

> 미안하구나 내 더러움을 날마다 네 거품에 맡겨 혹사시
> 킨 것 종내는 엷은 막 하나로 남았으니 내 손이 숫돌이었
> 구나 시시때때로 너를 갈았구나 그 많은 거품을 낭비해 가
> 며 대체 무얼 씻은 거냐고 묻는다면 할 말이 없네 씻는다
> 고 씻었는데 겉만 문질렀지 마음 깊숙이 도사리고 있는 오
> 욕의 때는 손도 못 대었구나 네 몸을 허투루 사용한 걸 용
> 서해라 손톱만큼 남은 네가 물의 부축을 받으며 세면대 하
> 수구로 미끄러지는구나 미안한 내 목례가 네 뒤를 따르는
> 데 통로는 순식간에 깜깜해지는구나 드디어 없음에 도착
> 한 건가
>
> — 「비누에게」 중에서

「비누에게」는 시집의 표제작은 아니지만 맨 처음에

배치되어 있는 작품이다. 그만큼 상징성 있는 작품이라고 말할 수 있다. 이 작품에서 시인은 다 닳은 비누에게 미안하다고 사과한다. 나의 필요를 위해 비누인 너를 사용했다. 비누의 육신을 다 소비하여 '쓰기'를 행했지만 나는 정말 깨끗해졌을까. 내가 비누의 '소비적 쓰기'를 행했음을 발견한 시인은 '시적인 쓰기'(「비누에게」)로 잘못을 고백한다.

그런데 정말 이 시가 비누에 대한 미안함만을 말하는 것일까. 아니다. 시인이 이러한 발상을 했다는 것은 본인 역시 비누의 입장이었기 때문이다. 시인도 비누처럼 혹사당했고, 사용되었고, 갈아내졌다. 아파 본 사람만이 고통을 이해하는 법이다. 이미 시인의 마음과 인생에는 비누의 정체성이 있고 비누의 경험이 있다. 그런 까닭에 시인은 동족을 만난 듯 비누의 형편과 상황과 내면을 이해할 수 있는 것이다. 다시 말해 이 시는 비누와 대면하고 있는 것 같지만 사실은 자기 자신을 대면하고 있는 작품이라고 말할 수 있다. 나 역시 소비적 쓰기의 객체였음을 고백하는 작품이 바로 「비누에게」인 셈이다.

> 내 목표는 나물이 되는 것
> 그의 콩나물이 되는 것
> 두 쪽 낸 표주박에 합환주 함께 마셨으니
> 그의 쓰린 속은 내 몫

나물로 가는 길 쉽지 않았지

한 모슴 빛도 없는 시간을 근근이

물로만 버텨야 했어

진땀이 흐르고 다리가

후들거리길 수십 번

드디어

시루를 박차고 일어선

찬란한 두 쪽 콩나물

수시로

그의 시린 속을 풀어 주던 콩나물이

바로 나였지 당연한 듯

당연한 듯

나를 소비하는 그를 향해

슬몃슬몃 가시들이 돋아났지

심사가 뒤틀렸지

살벌하게 돋친 가시들이 찌른 건

그가 아닌 나였어

통증이 가르쳐 주었지

그도 콩나물이었다는 것

—「두 쪽」 중에서

　이 작품 역시 '쓰기'의 이중적 의미를 집중적으로 다룬
다. 부부의 사연을 주제로 했지만 그 풀이 방식이 얼마나
솔직하고 신선한지 위트와 함께 깊은 페이소스를 느끼

게 된다. 특히 "내 목표는 나물이 되는 것 / 그의 콩나물
이 되는 것"으로 시작하는 첫 구절이 매우 인상적이다.
독자는 궁금해진다. 어떤 사람이 되는 것이 아니라 나물
이 되는 것이 목표라니, 대체 무슨 일일까. 시인은 밥 짓
는 아내의 영역에서 아주 흔한 '나물'을 은유적으로 활
용해 자신의 역할에 대해 성찰한다. 나물은 뜨거운 물에
싱싱한 야채를 데쳐 그 싱싱함을 제거해야만 가능한 요
리다. 다시 말해 고난의 고통 속에 한 번 들어갔다 나와
야 한다는 말이다. 그리고 콩이 나물이 되기 위해서는 어
둠 속에서 긴긴 시간을 버텨내야 한다. 이런 사정을 고
려한다면 나물을 좋아라 먹는 사람은 있어도 나물이 되
고 싶은 사람은 아무도 없을 것이다. 시인은 바로 그 점
에 착안한다. 늘 나물을 무쳐 가족에게 대접하는 안주인
이 사실은 어둠 속에서 자라야 했던 콩나물이었고, 뜨거
운 물에 들어가 헌신해야 하는 콩나물이었다. 시인은 그
것을 비난하는 대신 새로운 의미를 건져내려고 한다.

　창작 측면에서 '쓰다'의 주목과 변주가 가장 흥미롭게
드러난 작품 역시 「두 쪽」이다. 여기에는 두 종류의 '쓰
다'가 등장한다. '속이 쓰리다'고 할 때 감각으로서의 '쓰
다'와 나를 사용하여 소비하는 '쓰다'가 바로 그것이다.
남편이 속이 쓰릴 때 그 고통은 나와 무관하지 않다. 나
는 아내로서 그 고통을 완화하는 역할을 맡아야 했다. 싫
든 좋든 나는 어떻게든 그 고통을 줄이는데 사용되어야
한다. 인생은 시인에게 고통의 '쓰다'를 부여하고 세상은

나 자신에 대한 소비적 '쓰다'를 요구한다. 이것은 시인뿐만 아니라 현대를 살아가는 많은 사람에게 관습적이고 거대한 원리로서 다가온다. 세상이 다 하는 일이니까 당연한 것인가. 다른 말로, 나는 고작 사용되기 위해 존재하는가. 이 의문 앞에서 시인은 순순하지 않다. 시인은 '원래 아내는 그래야지'의 관습을 깨고 감각적 '쓰다'와 소비적 '쓰다'에 대해 다시금 성찰한다. 그는 남이 정해준 그대로 살기를 원하지 않고 본인 자체적인 의미를 살길 원한다. 이것이 속이 쓰린 '쓰다'를 극복하고 소비되는 수동적 '쓰다'를 넘어서서 이 시 자체를 '쓰기'하는 원동력이 된다.

사람을 '쓰고' 마는 세상에 맞서 시를 '쓰는' 것은 시인의 자기 수호적 행위라고 말할 수 있다. 이 작품들에서 시인은 이렇게 말하는 듯하다. 나는 지상에 다리를 지지하고 있는 인간이지 무의미하게 쓰여지고 마는 비누가 아니다. 이제 내가 나를 쓰고 살았던 인생에 어떠한 의미가 있었는지 알아보리라. 그것을 나는 시로 남기리라. 따라서 시인의 모든 작품은 인생의 한 페이지 한 페이지에 대한 포착이고 주목이며 재정립이라고 규정할 수 있다. 이어서 시인은 인생을 어떻게 해석하고 구원할 것인지에 대한 고민을 지속한다.

3. 스스로를 구원하는 시인의 보법
이 시집에서 '쓰기'의 변주가 기발함과 정체성을 담당

하는 작품들로 나타난다면 '인생론'을 다루는 작품들은 시집의 핵심이자 시인의 철학을 드러내는 계열이라고 볼 수 있다. 시집을 읽다 보면 시인의 유년 시절, 청년 시절, 그리고 모친과 부친에 관한 작품들에서 오랜 시간 멈춰 있게 된다. 어느 유년인들 아프지 않았으랴만 그의 유년은 또 개성적이고 주체적인 목소리를 담고 있다. 어느 부모인들 그립지 않으랴만 그의 부모는 또 유일하고 유일한 존재로서 위치한다.

회고적 작품을 쓰되 시인은 많은 작품으로 나누어 쓰지 않고 편수를 줄여 에너지를 응축시키는 몇 편의 작품만 선보였다. 이 선택은 굉장히 영리한 것이면서 또한 필요했다고 본다. 지금 이 시인에게 가장 중요한 작업은 내 인생의 의미에 대한 해석이기 때문이다. 현재의 의미를 알기 위해서는 과거의 의미에 대한 재정립이 필요한 법이다. 특히 유년 시절의 자아를 갈무리하는 작품 「검은 한숨」, 「잿빛 추원전」, 어머니에 관한 작품 「어머니의 축지법」, 「왜?」, 「멍 꽃」, 아버지의 임종에 관한 작품인 「윷가치」 등은 시인의 지금을 해석하기 위해 탄생되어야 했다.

생을 돌아보고 살펴보고 고민하고 성찰한 끝에 시인은 다음과 같은 인생론을 이야기한다.

다 늙은 가랑잎이

숨을 몰아쉬며 물었다

새순에서 단풍으로

단풍에서 낙엽으로

이사하는데 얼마나

걸린 것 같냐고

내가 그랬다

딸에서 아내로

아내에서 엄마로

엄마에서 할머니로

이사 중인데

나는

아직

나에게 도착하지 못했다고

— 「동문서답」 전문

아마도 이 시에 대해 반기를 들거나 반감을 가질 사람
은 없을 것이다. 짧게 행갈이를 했고 많은 단어를 쓰지
않았고 전체 길이도 길지 않지만 구절 사이사이 곡절이
가득하다. 딸의 길에서 아내의 길로 나아갈 때 얼마나 두
려웠을까. 아내의 길에서 엄마의 길로 나아갈 때 얼마나
고되었을까. 엄마에서 할머니로 나아갈 때 얼마나 신산
했을까. 특히 같은 여성의 입장에서 나는 저 모든 단어와
표현에 정확히 동의하고 동감한다.

나는 그 변화의 길목마다 공감할 뿐만 아니라 마지막

구절에서 깊은 동질감을 느끼게 된다. 이 작품에서 가장 좋은 구절은 "나는 아직 나에게 도착하지 못했다"는 마지막 말이다. 그 말이 얼마나 슬프고도 희망적인지 시인은 잘 알고 썼다. 늘 찾았지만 아직도 진정한 나에게로 이르지 못했다는 사실이 오늘도 시인을 살아 있게 한다. 또한 이 말이 이 시집을 활기차게 만들며 그의 시 쓰기를 지속하게 해 준다. 인간은 언제나 길 위에서 나아가는 자, 그 추구와 지향이 멈추는 순간 마음이든 몸이든 죽게 된다. 그리고 이 시를 통해 우리는 시인이 지금까지 계속 나아가는 자로서 살아왔음을 직감할 수 있다.

인생이 길을 걷는 행위라면, 시인은 그 길을 걸으며 계속적으로 의미를 찾으려고 했다. 사전에서는 '의미가 있는 곳을 찾아다니며 방문하는 걸음'을 '순례'라고 말한다. 그 말뜻을 생각한다면 시인의 정체성은 지속적으로 찾아다니는 '순례자'에 가깝다.

살다 보니 늙었을까
늙기 위해 살았을까
고스란히 늙은 호박 하나
도마를 찾아왔다
(…)
땀으로 뒤범벅이 된다 해도
깊은 맛을 향해 갈 뿐이다
이유는 단 하나

수천 년 늙지 않는 질기고도 질긴

삶에게

잘 엉긴 한 그릇의 호박범벅과

착실한 시 한 편 대접하기 위해

—「삶은 호박」 중에서

　「삶은 호박」은 인생에 대한 시인의 정의를 가장 시인답게 표현한 작품이다. 처음 읽으면 호박을 삶아 요리하는 과정을 담은 하나의 소품으로 읽힌다. 그러나 두번 세 번 읽다 보면 '삶은'이라는 단어의 다른 의미를 이해하게 된다. 우선 제목을 보자. '삶은 호박'에서 '삶은'은 '삶다'라는 동사의 활용이면서 또한 '삶'이라는 명사를 의미하는 중의성을 가지고 있다. 앞서 '쓰다'의 중의적 변주에서처럼 시인은 언어적 유희에 주목하여 그것을 십분 활용하고자 한다. 이러한 언어 활용을 위해 시인은 쓰고 지우고를 수차례 했을 것이며 적당한 단어를 고르기 위해 수십 번 고민했을 것이다.

　여기서 우리는 시인에게 다시 '시를 왜 써야만 했는가'의 두 번째 답변을 들을 수 있다. 시인은 왜 시를 놓지 않는가. 왜 시 쓰는 자신을 지지하는가. 작품에 그 "이유는 단 하나"라고 적혀 있다. 내 삶에게 "잘 엉긴 한 그릇의 호박범벅과 착실한 시 한 편 대접하기 위해"서이다. 담겨 있는 의미를 해석하자면 단 하나의 삶, 단 한 번의 삶을 소중히 대접하고 싶다는 말로 들린다. 절대적인 삶의 무의미한 흩어짐을 부정하고 잘 만들어진 의미를 건져 내기 위해 시인은 시 한 편, 한 편을 써 내려간다.

김달교 시인이 가진 삶에 대한 애정은 몹시 강하고 건강하다. 그는 결코 삶의 무의미를 받아들이지 않는다. 고통마저 내 것이었으며 어두운 기억마저 내 것이었다. 그 것을 껴안아 의미로 승화시키는 것이 시인됨의 목표였으며 인생의 최종 목적이다. 나는 이를 표현하여 '스스로를 위한 스스로의 구원'이라 지칭하고 싶다. 삶에 대한 지극한 애정을 품은 시인은 자신의 인생을 타인에게 맡기지 않는다. 이 작품집을 보면서 자기 자신을 구원하고자 하는 시인의 보법을 찾아본다면 읽는 기쁨이 배가 될 것이다.

4. 인생은 고통도 아니고 기쁨도 아니더라

이 시집 전에 김달교 시인은 『얼라아파트에 피는 꽃』 (2022)이라는 시집을 출간한 적이 있다. 직전 시집에서 큰 비중을 차지하던 것은 어머니였다. 많은 어머니의 시편을 곰곰이 들여다보면 '시인이 어머니를 참 좋아하고 그리워하는구나'의 감상에 머물 수만은 없다. 시인에게 어머니는 한 가지 의미를 넘어서 있다. 어머니는 그리운 사람을 넘어서 생각하면 마음이 아픈 사람이고 또한 내 유년을 정의할 수 있는 사람이며 나에게 삶이란 무엇인지를 알려 준 선배이자 선생님이었다. 그리고 나는 시인이 어머니를 말할 때 그 어머니에는 시인의 어머니와 어머니가 된 자기 자신이 겹쳐져 있다고 생각한다. 다시 말해서 어머니에 대한 조명은 나 자신에 대한 조명이기도 하다. 어머니를 추억하고 이해하는 것은 나의 과거를 이해하는 길이며 나의 현재를 이해하는 길이다. 또 다른 어머니가 되어 나의 어머니의 인생을 되돌아보면서 시인은 자기 자신의 인생을 살펴본다. 이번 시집에서 어머니의 비중이 줄어들고 본인의 유년과 청년 시기에 대한 시들이 등장하는 이유 역시 비슷하다. 과거 어머니에 대한 탐색이 나 자신의 이해와 의미 찾기를 위한 것이었기 때문에 이제는 본격적으로 어머니가 아닌 자신에 대한 시편이 늘어났다고 볼 수 있다.

지하철을 기다리는 저 여자

머리카락에 붙어 있는 붉은 실오라기 하나

우선멈춤 신호등처럼 깜빡깜빡

기억의 플랫폼 문이 열린다

지하로 통하는 좁은 층계가 나를 딛고 내려간다

퀴퀴한 바지 공장

종일 떠드는 라디오에 재난사 가위질 소리

미싱사 틀질 소리 뒤범벅되어 귀가 멍하다

공장 사람들 중에 나는 맨 꼬바리였다

(⋯)

경적을 울리며 3호선이 들어온다

멀어지는 실밥들, 잘 가

모르는 저 여자의 실밥 한 올이

나를 열었다 닫는다

　　　　　　　　—「실밥을 위한 레퀴엠」 중에서

　시집을 덮어도 기억이 나는 작품 중에 「검은 한숨」과 「실밥을 위한 레퀴엠」이 있다. 두 작품 모두 행복한 기억은 아니다. 오히려 나의 트라우마나 깊은 상흔과 연결될 수 있는 내용이 담겨져 있다. 이 시인의 장점은 어두운 기억을 미화하지도 않고 그것에 압도되지도 않고 그로부터 자유롭다는 점이다. 유년 시절이 슬펐으나 지금은 슬프지 않고 슬펐던 그 시절을 짠하게 바라본다. 청년 시절이 고단했으나 지금은 고단하지 않고 그 고단함을 내 안의 일부로 인정하고 지켜볼 수 있다. 과거를 잊지 않되 그것으로부터 자유로워진다는 것은 사람이 살아가면서 필요하고 중요한 일이다. 시인은 자신의 인생 지점이 바로 자연스러운 자유에 도달했음을 이 시를 통해 보여준다.

　3호선 지하철에서 실밥 한 올이 붙어 있는 한 여자를 보았다. 아, 저 실밥. 덕분에 잊고 있던 실밥의 기억이 떠오르게 되었다. 미싱 공장에서 실밥 정리하는 일을 하던 어린 자신. 사람들이 비웃던 그때. 실밥이 아니라 밥을 먹고 싶었던 배고픔. 3호선의 낯선 사람을 통과하여 시인은 그 과거를 바라본다. 울컥하거나 괴롭지 않다. 미화하지도 않았다. 그 시절이 오늘날의 나를 존재하게 만들었지, 하면서 담담하게 인정할 뿐이다. 살다보면 과거의 아픔에 흔들리지 않기 참 쉽지 않다. 되돌아보니 인생은 고통도 아니고 기쁨도 아니더라, 그저 의미들이더라. 시에서 느껴지는 이러한 철학이 사실상 김달교 시인의 전체적인 세계관을 이루는 중심이 된다. 그 의미를 찾고 쓰는 것이 바로 김달교 시인이 오늘도 시를 쓰는 이유가 될 것이다.

5. 시 쓰기를, 기꺼이, 그리고 속절없이

시인의 첫 시집이 나온 것은 2022년이지만 사실 이 시인은 아주 어려서부터 시의 꿈을 꾸었을 것이라 짐작된다. 그래서 다시 만난다면 묻고 싶다. 10대의 시인에게 시는 무엇이었을까. 20대의 시인은 시를 어떻게 품고 있었을까. 30대, 40대의 시인은 시를 어떻게 붙들었을까. 시를 간절히 사랑하는 사람의 이야기를 듣는 것은 정말이지 기쁘고 즐거운 일이다.

당신은 왜 오래 시를 사랑했습니까. 이 질문은 '당신은 왜 거친 삶과 모진 인생을 미워하기는커녕 이렇게까지 사랑하게 되었습니까'의 질문과 같다. 그 대답이 정말로 궁금하다. 사랑하기보다 원망하기 쉬운 이 지상의 삶을 어떻게 이렇게 사랑하게 되었는지. 사랑하지 않고서는 그 의미를 찾고 쓰겠다는 생각을 할 수가 없다. 모든 시인은 시를 사랑하지만 모든 시인이 삶을 사랑하는 것은 아니다. 그런데 김달교 시인에게 이 두 가지 사랑은 동일하다. 그는 삶을 사랑해서 시를 사랑한다. 그의 인생이 시로 돌아와 기다리고 있으니 쓰지 않을 도리가 없었을 것이라 짐작한다. 시 쓰기를, 기꺼이, 그리고 속절없이, 여전히.